大人をお休みする日

文月悠光

「せつない」と
口にしたときの響きが
せつなさだと思う。
見えない心に喉はふるえて
適した声を見つけてくれる。
できるだけ重さのない、
まじりけのないものに換えて
あなたへ吐き出そうと努めた。

大人をお休みする日

目次

心を生かすために

恋をすること

孤独のかたち

誰かに見つめられることで
自分のかたちが初めてわかる。
たとえば、あなたと目が合ったとき。
わたしという空のグラスに
あなたがまなざしを注いで
静かに満たしてくれること。
空っぽの心に春の風が吹き込んだ。

溢れてしまってはいけない、
うつわなのだ。
保っておかなくてはいけない、
うつわなのだ。

わたしはあなたの前で
緊張する　ただひとつの
うつわなのだ。

輝くままに光を我がものにする、
そんな透明な強さに憧れて
あなたの肌のなかに自分を置く。
あなたがどんなかたちをしているか。
わたしは抱かれたまま、
あなたの孤独を
つきとめている。

ふたつの舟

きみに強く手を引かれたとき
夏雲にぐんと近づいた心地がした。
屋根を越えて、空に一息で届く。
そんな直感に手を握りかえして
きみという舟に身をゆだねた。

きみとわたしは　その近さゆえ
グラスの氷みたいに
カランとぶつかりあって、
ちいさな世界をひとめぐりする。
踊りましょう、もう少しだけ
どうか夏が終わるまで。

ふたつの舟はやがて
ひとつの海に溶け落ちて
水底でやすらかに息を絶やすのだ。

きみの瞳は、海の入り口。
冴えた青色を空と分けあう。
見つめているまに
たちまち青に飲まれてしまう。
わたしたち、ひと夏を踊りながら
あの屋根を越え、
今生まれ落ちたように
空と抱きあう。

星の採取

わたしにしか見えない星と
あなたにしか見えない星がある。
だから、夜空へ指をさして教えて。
ガラス瓶に星のかけらを集めにいこう。
そうして星のランプをかざし合い、
互いの心までも照らすのだ。
瓶をきつく抱えると、闇に焦がれて
中身の星がパチパチと爆ぜた。

ひとすじ　ふたすじと
星の光は折り重なって、
次第に浮き出るように

世界の営みが見えてくる。
この美しいランプに
わたしは試されているようだ。
あなたの目を信じて、ふたりで
世界を灯すことができるかどうか。
いつか　この惑星が滅んで
瓶の底も尽き果てる日、
わたしたちのたましいは星になる。
宇宙にささやく光を残して。

夜の泉にランプを傾けると、
星は水面に沿って思い思いに散っていき、
ふたたび空へ浮上していく。
羊飼いの長い杖に振り分けられ、
漁師たちの船をみちびきながら。
夜明けが訪れる方角を皆、探している。

今ならば、目をつむっていても信じられる。
わたしが見ている星を
遠いあなたも見ていると。

夜の海へ

遊ばせておくだけの身体なんて
ふたりには退屈なのだ。
その肩の熱、首の太さを
息をつめて探る。
あなたのとがった髪が
わたしの肌をかすかに突いた。
懸命に燃えるあなたを
初めて　いとしく思い、
かき抱いた指先から
息を吐いて潜っていく。

互いの身体に刻まれた歴史は今、

フィルムのように焼きついて離れない。
わたしたちは確かめ合う、
夏のプール、稲妻、熟しきった桃の皮を。
孤島の地図をシーツに描き、
ふたりで森を生む営みを知った。

あなたは深い海なのだろうか。
迎え入れた分だけ、飲まれていく。
まっしろに閃《ひらめ》き、打ちよせて
声を漏らすごとに　わたしを遠くへ運ぶ。
あたたかく壊れたいから
手、握っていてよ。

朝の交差点まで惜しむように歩く。
その横顔に
ゆうべの火がまだ揺れている。

呼んでくれた名前が思いだされて
眼裏は　じわりと熱を持った。

ずっとつながっていたい、終わりたくない。
そう願いながら達することができるのは、
なんてさびしく、甘やかなのだろう。
また夜を奏でにいきます。
あなたの背骨の窪みをたどって
そこへ　ひとすじの
川をそそいであげるように。

ティンカーベル

これを何と名づけようか。
ぬぐっても　ぬぐっても
ぬぐいきれない熱が頬の上にあって
わたしから降りてくれないのだ、
妖精のつま先が乗っているみたいに。
ティンカーベル、勇気を抱いて。
かしこいあなたは
かしこいままで生きていてよい。

きょうの肌を溶かして素肌のわたしになる。
つい先ほど肌だったものが、今やとろけて
指先を金色にあたためる。

この熱は、わたし由来のもの？
それともあのひとがくれた温もり？
かがやく愛はどこからきて、どこへ降り立つのか。
きみもわたしも冬の終わりに折り重なって
わからないまま、夜の底に溶け落ちていく。
角砂糖をカップのひかりが飲み込むように。

泡のとびらを両の手にひろげて
わたしの顔はそのとびらを深く潜ってひらいてゆく。
そのとき、顔を抱くような仕草に気づく。
知らないふりも　飛べないふりも
もう要らないから、その名を呼んで。
ティンカーベル、あなたは愛する。
わたしの眼球を濡らしているものが
きみの愛だよ。

抱擁が知っていること

風は私の髪を撫でていくが、
心まで撫でているとは知らないだろう。
光は私の肩に舞い降りるが、
心まで照らしているとは知らないだろう。
心は一瞬触れただけで、
風や光と溶け合うというのに。

だとすれば、にんげんは初めから
外に開かれた存在なのだろうか。
朝、雪が積もった丘の上に立つ。
一人でいるときほど、
孤独になるのは難しい。

自分の内にも、外にも敏感になって
双方の声を感じているから。

朝靄に包まれているのに、
私は真裸に剥がされたよう。
真っ白な景色に見抜かれているのだ。
踏みしめれば、じっくりと沈む雪の音。
目覚めたばかりの梢が弧を描き、
粉雪をぱらぱらと落としている。
足元と頭上に意識を奪われながら、
狭間で高鳴る冬の心臓。
朽ちることのない、
その響きに身をゆだねる。

私があなたに触れるとき、
心にまで触れることができるだろうか。

たとえ届かなくても、
そよぐ風のように
陽だまりのように
すべてを包み合おう。

花とみずうみ

おやすみなさい。
昭和生まれのきみから届くLINE。
二〇一九年に
令和の夢を見るきみの隣で
わたしまだ平成が恋しかった。
きみが私を好きでいてくれた、
平成の終わりを忘れたくなくて。

時間を止めてしまった人たちが
離れられないみずうみがある。
「時の進め方がわからないのです」
打ち明ければ、波立つ水面。

波紋のすきまで
記憶はかすかに光り、流れ去る。
きみの手が離れたとしても
一握りの花をわたしは掬い取ってみるだけ。

ゆっくり咲けばいい。
歩きだすという変わり方もある。
もう一度、誰かと一緒に歩めるようになる。
それを欺瞞だとわらう人がいても
春が蕾を連れてくるから。
あの花がいつ散るか当ててみせることは
案外難しいことなのだ。

たずねる風よ、信じさせて。
花が風の采配に身をゆだねるとき
それは別れの火ではなく、
ひとつの抱擁に過ぎないと。

自分を愛すること

大きくなるために必要なこと

自分の機嫌は、自分でとる。
そう努めることが、
よい「大人」の秘訣でしょうか。
「自分の機嫌くらい」、ね。
ちくりと刺された心地がしてうつむく。
「自分の機嫌だから」むずかしいのに。
世話を焼く対象が外にいてくれた方が
そっと見守ることができるだろうに。
傷口は近くにあると、
つい触り過ぎてしまう。

機嫌がわるい、ということさえ

自分でもわからずに過ごす一日がある。
どうか触れないでください。
懸命な不器用さを生きているのだから。
波立つ心の舟にひとりの少女をのせて、
世界をまっさらに感じたいから。

「大人」をお休みする日があっても、
それは「わたし」を生きるため。
木々の中に、鳥が一羽休んでいても
誰も気づかない　誰も責めない。
傷を癒やして飛び立つときまで、
ゆっくりと日が暮れるのを待つ。

遠ざかっていくことを
後ろめたく思わなくていい。
生まれた距離の分だけ、

大切な人を気にかけるようになった。
傷つくことも勇気なんだ。
湯舟で涙の粒を飲み込んで
わたしたちは、少し大きくなった。

その色の名前

よるべない夜は、
爪に色をあたえよう。
自分の輪郭を広げるように
指先に息を吹きかけて。

温かみが欲しいなら
夕暮れの深いオレンジ。
ときには　思慮深く
こっくりとしたオリーブ色。
爪から爪へ灯りをともす。
わたしの世界に
わたしの好きな色が

ひとつ増える。

アイシャドウパレットから
気ままに色を選べるのは、休日の特権。
夢と現実が限りなく溶け合って、
まぶたの上にきらきらと結晶している。

（お化粧は　かつて
違う誰かに変身するための
ひそやかな魔法でした。
未熟な自分をまっさらに
塗りつぶしていくような）

今ではもう必要ない、
色でわたしを塗りつぶすこと。
わたしそのものが

たったひとつの色だと気づいたから。

わたしが好きな自分のまま、
わたしをもっと好きになる。
このまぶたを開くとき
世界は色づき、
明日をはじめる。

わたしを潤す

心が渇いたとき、あなたは何を求めるだろう。
ぬくもりだろうか　それとももっと熱い何か。
あなたはイヤホンの曲線をなぞって
求める響きに辿り着こうとする。
ただ、もう少し軽くなれたならと願う。

電車がゆっくりとカーブを切る瞬間、
片腕にかかる身体の重みに耐える。
この星から振り落とされないように。
日々の重力を信じて
手放しに立ち止まること、その難しさ。
自分自身を支える義務について

あなたはふと考える。

窓のそとにはたくさんの人。
やがて壊れるシャボン玉のよう。
空へ飛んでいきそうな気持ちを
実はみんな抑えている。
人生は儚いほどに長く、
いない人について思い出す時間も
気づけば短くなっている。

心に水を与えよう。
湯船にお湯を溜めて、
そっと足をくぐらせてみる。
枯れた枝々に水を与えるように
生活に自らの血をめぐらせていく。
水を求める心はわたしにもまだあるから。
わたしはわたしを潤すことができるから。

月の意志

くっきりとした三日月。
感情が研がれて
石になるまでを待っている。
黄昏を過ぎた頃の空は
心を惹きつけ、帰らせない。
わたしはひとり膝を抱えて
空の変化に見入ってしまう。

月は、月ゆえに欠けていく。
そして月であるために満ちていく。
だから　わたしも傷ついたときにこそ、
自分の消えない強さを確かめていた。

闇に奪われることのない、
「生きるための意志」としか呼べないものが
夜にはひととき姿をあらわす。
それは確かに、わたしを支えてくれる。
星は流れ、海は動き、
たゆたう意識のなかで
わたしたちの夏が
終わろうとしている。

冬耳《ふゆみみ》

ただいま、と部屋へ呟いたら
耳をほどいていく儀式。
白いイヤホンを抜き取ります。
マスクの紐もそっと外します。
メガネも外してあげると尚よい。
冷えきった耳は先の方から赤らんで
聴くことを休みたがっているよう。

（自由にしていいよ、と
だれかに告げてみたかった）

冬の樹は枝々に氷を咲かせて

月光をよろこばせている。
その複雑な肢体すべてを晒して
風にうなずき続けていた。
ただ止まって休むのではない。
次の季節に備えるため、
雪風に身をまかせ、眠っているのだ。

夜、熱い湯を耳にかける。
石鹸を白く泡立てながら、
ひび割れた心を縫いつけていく。
だれのなかにも在る凍てついた記憶は
うっかり光を振りまいてしまうので、
その囁きに目を閉じて、凍えた胸を抑える。
(あなたはわたしに恵まれて
　わたしはあなたに恵まれて
　なによりも光って)

わたしは
わたしに恵まれて
生きている。

春の膝

電車の席から立ち上がるとき
そこに影が生まれるので、
わたしは足の間をつい確かめてしまう。
手放してはいけない何かを
産み落としたのではないかと恐れて。
人は生きているだけで
知らずに影を吐いてしまう、
傷だらけの鱗を持つちいさな魚。

マイリストに観たい映画が溜まる。
プレイリストに聴きたい曲が溜まる。
選ばされているその瞬間だけ、

わたしはちいさく満たされる。
答えが見えない不安に
時折、目を閉ざしたくなるけれど、
この手に掴みとったものを正解だと決める、
その勇気さえあれば
きょうの光を見失うことはない。

今夜は温かくして休んでくださいね、
彼女から届いたメール。
こんなに温かかったんだ、と
言葉の背中を撫でて
この膝で眠らせてみようか。
やがて窓から訪ねてきたのは、陽だまり。
ほっとするような重さをかけて、
わたしの膝の上でまるくなった。

きょうの光へ泳ぎだそう。
春の朝を落とさぬように乗せ、
ゆっくりと　この膝で歩くのだ。

暮らしていくこと

部屋は聞いている

わたしはただのありふれた部屋。
話し相手も特にいない。
けれど　この部屋には
いろんな音が響き続けていて、
さびしいということがない。

生きもののように鳴いてみせる鍵の音、
安堵したように口を開く女性の話し声、
低く抑えたオンライン会議の応答、
上階から跳ねるような幼い足音……。
部屋はすべてを聞いている。

鍋にサラダ油の跳ねる音、
本のページをめくる音や
住人のちいさな寝言まで
わたしは聞き逃さない。
すっかり気をゆるした住人の鼻歌に
自分も歌い出したいのを我慢しながら、
ひっそりと聞き入っている。

住人たちが奏でる音の響きは、
わたしがどんな存在か教えてくれる。
ドアを開けたり閉めたり、
影が伸びたり引っ込んだり、
ふるえるように笑ったり。
ああ　なんだ　わたしは
あたたかな部屋だったのね。

わたしはただのありふれた部屋。
今夜もどうぞ
わたしのなかでお眠りなさい。

密やかな儀式

人々が寝静まった真夜中
喉の渇きに起き出してみると、
キッチンは深い海の底。
昼とは違う顔をしてみせる。
月明かりが青く射し込み、
素足にすずしく打ち寄せる。
ざらついた日々をとかしていく。
夜の妄想に沈んで
もう一人の自分になるには、
うってつけの空間だ。

舟のようにひとり切り離されて

わたしは夜の永遠を漂っている。
色あせたカーテンに別れを告げ、
青い波を漕いで、旅に出よう。
対岸へ手を振るほどに
からだは軽くなっていく。
退屈な世界を脱して、
夜空のはるか向こうがわの
宇宙を描き出したい。

異世界の入り口はどこにでも開く。
一杯の水と、月明かりさえあれば。
わたしがわたしらしく生きるために
ひととき日常を忘れられる、
そんな密やかな儀式の時間を
夜はそっと　差し出してくれる。

水平線

肩を並べて待っているよ。
わたしに袖を通してくれるまで。
できれば、畳み込まずに
ゆったりと風にあててほしい。
自由にはためきたいのだ。
少し撫で肩のあなたの肩幅を
やわらかく思い描きながら。

わたしをぴったりと
着こなしてください。
くしゃくしゃな日々を刻んでしまう、
だけど憎めないやつだと

愛してください。

シャツのボタンを留めていくことは、
一日を目覚めさせる合図なのだろう。
一番上は開けておこうか。
わたしもあなたも呼吸するために
程よいゆとりが大切だから。

夏の海を重ねたような
さわやかなストライプ柄に
わたしたちは波打ち、たゆたった。
あなたの肩は水平線。
襟はまるで海鳥の翼のよう。
六月の空へ真っ白にはばたいていく。

朝の名前

その朝に名前はなかった。
キオスクに並ぶ雑誌の表紙だけが
あざやかに様変わりしている。
わたしたちの前へ
日々は電車のように駆け入ってくる。
開くドアへ足を向けるのは、
わたしの顔をした誰か。
肩を不自由に扉に押しつけて
もうすこし
ここに触れていたいと願う。

あなたも　わたしも

それぞれが違う現実を編み上げるので
世界はきれいに像を結ばない。
隣人同士、違う景色を見ていて
だから輪郭は必ずどこかぼやけてしまう。
ひとの思いだけが幾重にもかさなる。
揺れ動く車窓に、目でたずねてみる。
わたしの輪郭はどこですか。

腕組みをしてうつむく女性、
新聞をばさりと広げる会社員、
スマホに目を落とす女子高生。
どこかに行き着くまでは
わたしも名も無きひとりです。
窓の風に吹かれて
一直線に運ばれていく。
きょうも

わたしたちは
あの中にいます。

光の巣

夢から日常へ引き戻されていく
朝の顔を鏡で確かめていた。
起き抜けは、尻尾を生やしていたけれど
だんだんと人間じみて
見知ったわたしになっていく。
洗面台に張りついた、泡の足あとをたどりながら思い出す。
このあたりの家は皆、蜂の巣のようであったと。

「ここに並ぶ扉は、どれもよく似ていますが
この扉以外のどれを開けても、部屋には違う人が暮らしています。
半年後に同じ扉を叩いても、同じ人が出てくる保証はありません」
そう告げておどけたそぶりで

きみにドアを開けてみせた。
覚悟してください。
ここにいる誰しも、いつまでもきみの前にはいない。
神がかくしてしまうのです。

ドアノブを握りしめたまま、
かくされた四角い空間を、体温のように思い描く。
蜂の巣の幼虫たちに、血をめぐらせるのだ。
かつてこの部屋では、誰かが泣いた。
その夜、きみによく似た男の影が
部屋を訪ねるのを見た。

引っ越しは、春の自分に宛てた手紙だと思う。
過去は、いじましい箱に詰められて
新たな巣へ送り出されていった。
空白を埋めてくれたすべての影は

いつでも手放せるものばかりだった。

晴れた日に白い皿を買って
抱きながら、電車のなかで微睡《まどろ》んでいる。
この皿の上で、一体どんな明日がふるまわれるのか。
その様子をわたしは誰と覗くだろう。
いつか破片となって散るときに、教えてほしい。
すべては光のように
「ここ」へ　そそがれた存在に過ぎないと
壊れながら、わたしへ
ただ一つの鍵をあずける。

抗うこと

さよならの順番

わたしたちは
さよならの順番を知らない。
さよならのあとを
どう生きるかも。

見えると見えないのあいだにある雲。
あの雲のかたち、
あれは何に見える？
自分の胸に尋ねてみるけれど、
まだ言葉にならない。
ひとり立つ砂浜に
ぽつぽつとなみだが落ちる。

何もかも。
何もかも。
かなしいけれど、あたたかい。

風に揺り起こされて、顔を上げる。
壊れては生まれる波の音に気づく。
答えを聞きたいのはわたしの方なのに、
問いかけばかり残されている気がする。
天と地のあいだにたなびく、
かたちのない光。

あれは何に見える？

見えるよ。
何もかも
あなたに。

空をまとう

ベランダの夕陽に翳《かげ》りゆく
わたしの胸を守るふたつの丘と
わたしの脚を守るふた筋の川。
陽のぬくもりを吸い込んだ、
洗いたての抜けがらたちを
腕に集めて抱き寄せていく。
地平線を染め抜く夕陽のつばさ。
ともに天翔け、地の果てへ
未だ見ぬひとを包みにいきたい。

ひとはいつ教え込まれたのか。
（満たされてはいけない

立ち止まってはならない）
言い聞かせてひとり歩いた。
それでも空は告げにくる。
ひとは満ち足りてしまうことが
怖いだけではないかと。
陽は落ちる間際、惜しみなく
そのひかりを振りしぼる。
まよわず闇で塗りつぶし、
たゆまず朝を取りもどす。
その飽くなき循環に袖を通して
きょうの空と打ち解けてみたい。

熱のない身体は生きていないのだって。
ならば、西日を頬に受けよう。
あふれる川をまとい、
丘に響く風の歌、胸に引き連れて。

ひかる夕立に付き従えば
雨が泥を跳ね、かがやく道が立ち現れる。
影に沈みゆくこの町は
わたしの腕に守られている。

メダル

この街が好き。雑多で騒がしくて、人が流れ続けて、落ち着く気配など微塵もないこの街。小さな花束を手にした女の子とすれ違う。人と違っても大丈夫。そう、ヴィレバンで漫画を立ち読みした十六歳に戻れるから好き。古着屋の片隅できらめく大量のヘアクリップが好き。ショートヘアだから何に使うわけでもないけど。

十年続けてきた日記をやめた。
今までどうかしていた。過去に取り憑かれていたんだ。
着せられていた服を脱ぐように、わたしは新しくなる。
コンビニでみかんゼリーを買って、大きな口で食べる。
指さされても顔色ひとつ変えないわたし。

男の子と会ったことを話しただけで、浮き立つ親が嫌い。
友達ということをわかってくれない。
強く言うと泣き出したり、ソワソワとさまようから嫌い。
手を伸ばせば箸をとってくれるのに、会話が成立しない。
生まれ変わったら男の子になりたいという話ができない。
親とわたしは別の生きもの。
そう気がついたのは最近のこと。
この街で恋人と暮らしはじめてからだ。

若いというだけで「何か足りない」と言われてしまう。
なのに、「未来はきみたちが握ってる」なんてよく言うよ。
ここまで突き進んでこられたのは、
若さのせいだけじゃない。
そうだよね？
写真フォルダの底に貼り付いている、
二〇歳の頃の自分にささやいた。

ポケットの中でスマホが震える。
「何時に帰れそう？」
ゲーセンの二階にはメダルゲームがたくさんあって
あっという間に、お金持ちになれる。
小銭を全部メダルに換えたら
帰るよ。

ときどき、わたしは傷だらけになって
改札口からコインみたいに
じゃらじゃらと吐き出される。
この世界から切り離されたいと願う。
せめてぴかぴかのメダルでありたい。
横丁のネオンで目を乾かしていたら、
皆が歩き続けてゆくその先に
何があるのだろう、

ひどく輝いて見えた。

silent

朝はすべてを整えて元通りにしていく。
山間に抱かれた町は雪に覆われ、
真っ白な林を王冠のようにたずさえる。
どこかでこう考える人もいる。
目を背けたい都合の悪いこと全部、
この雪の下にひそめてしまおう。
春まで隠し通して、そっと持ち去ればいい。
わかりはしないさ。
気づいたときには、その姿は見えないのだから。
今までたくさんの人が沈黙してきたのだから。

氷にうっかり足をとられぬよう、

薄く積もった雪の上を一歩ずつ進んだ。
氷は空の色を反射して、満遍なく輝いている。
このまばゆいほどの輝きで
何を包んで、日が昇るのか。
異国の争いも　爆撃の音も　痛ましい幼い声も
ここはあまりに静かで聞こえない。

氷を割って燃やしている人たちの噂が
どこからか聞こえてくるようになった。
いま氷に深くひびを入れたら、
一体どこに到達するのだろう。
悔しくはないか。
わたしたちは知らない、
否、知らないというのは嘘だ。
静けさに馴染んで　一瞬の輝きに見とれて
ぼんやりと諦めることを　知りすぎている。

雪肌に吐息をあずけて
涙を拭うように強く
頬ずりをした。

彼女の手仕事

いつからか心に縫い留められていた
あなたとの記憶が風にめくれている秋だ。
別れはいつも急すぎて
わたしたちは惑う。

女ともだちの家を訪ねると、
彼女は毛糸で小さなバッグを編んでいた。
「わたしの手つきを覚えていて」
そう示すように一心に手を動かしている。
まるで自分が手を止めたら
世界がほどけてしまうとでも言いたげに
ふっくらと編み続けて。

ひたすら前進していく編み棒の
たくましいこと、心強いこと。
彼女が編むバッグは、彼女の分身みたい。
撫でてやると、ふわりと毛足が立ち上がる。
毛並みのやさしさは、彼女の手仕事そのもの。

この手で新しく何かを生み出すこと。
それは祈りであり、
わたしたちが別れに抗う唯一の手段、
もういない誰かを悼むこと。
思いのすべてを言葉に編み入れて
わたしはこの世界に尽くしたい。
窓辺で編み続ける彼女の手を
十一月の陽射しが
温かく包み込んでいた。

女ともだちへ

あなた

年下のあなたに会うと思い出す。
にぎやかな通りにふと訪れた
つかのまの静けさ。
バターが染み込んだパンのように
こころは柔らかくなる。
傷つきやすく、
じわっと味わい深く。

肉が切れないナイフ。
砂が固まった砂時計。
あなたがそんな風に自分自身を
つまらないものだと言い放っても、

わたしがあなたの機能を見つけ出して
止まった時間を動かすよ。
なぜだろう、あなたは
かつてのわたしにとても似ている。

あなたと出会うまえは
もっと孤独だったと思う。
あなたというのは
実はたくさんの人。
「わたし」を縁取る
愛しい他人。

あなたを手助けすることと、
あなたにわたしがいなくても大丈夫と
信じてあげることは、決して矛盾しない。
にぎやかな通りにふと訪れた

つかのまの静けさ、
その先をあなたと見たいのです。

解き放つために

大人になるまでこの街で
きみの横顔を見つめてきたよ。
悔しそうに噛みしめたくちびる、
あどけなく笑うときの左えくぼ。
けれど、この夏　未だかつてない
唯一のまなざしをしてみせたね。
八月のまぶしい夕立みたいに
まっすぐ　この目に焼きつくような。
「あの子、ちゃんと歩いてきたのね。
　こんな強い瞳で生きていくのね」
きみを見ていると、わかってしまうんだ。
ひとは傷を得て、うつくしくなる。

微笑みは武器であり、ときに防御となる。
身をひく術を知ってしまったわたしたち。
でも、くちびるへ紅をひく　その瞬間は
何ものからも逃げ出さないの。
わたしはいつでも　わたしを従えている。

変わることは、過去の自分への裏切りじゃない。
未知のひかり、臆さずに引き受けて
きょうの輝きを集めよう。
街、わたしたちの夏が乱反射している。

傷ひとつなく立ち回れることを
かしこさとは呼ばないで。
立ち向かうことをいとわずに
そして、いつだって　ここを去る

軽やかさも握りしめていよう。
ようやく語りはじめた、わたしたちの今。
さえぎらないで
わたしたちのことばを
わたしたちのひかりを。
黙らせようと説き伏せてくる影たちには、
遠く　消せないひかりで闇を裂く。

きみは空へくちづけをおくる。
空はきみのくちづけに染まる。
塗りかえるたびに
わたしたちの未来は更新されていく。
ことばを解き放つため、
くちびるに
「きょうのわたし」をまとって。

わかるよ

「大人になればなるほど、
『わかるよ』という言葉が欲しくなるのに、
　受けとる機会は少なくなるよね」
かつて大事な人と別れたときに、
女友達が言ってくれた言葉を思い出す。
どうしてだろう。
幼い頃から、わたしたちの身近にあるものは、
疑問や否定から始まる言葉ばかりだった。
大人になってつまずいているのは、
わたしだけではなかったのだ。

この国の女の子は、何かと自信を削り取られて

小さな声で、さえずるように話している。
人に誉められたときでさえ
どこか困り果てて、満たされなかった。
疑いようもなく、無条件に受けとれる愛は
どんどん少なくなっていった。
心の底では　幼い自分が
「わかってほしい」と声を上げるのに。

わたしはもう、わたしを投げ出さない。
自分を育て直すために、
まっすぐ　愛を注ぐのだ。
「わかるよ」と過去の自分に強く頷いて。
奪われてしまった、
たくさんの声たちへ。
わかるよ。
あなたの傷ついた心を受けとめて、
世界が　あたたかく満ちていく気がした。

透明な共闘

あなたの痛みを抱きしめる。
胸に広がるものは、不思議と明るい。
あなたの内に　わたしと同じ
痛みがあることがわかるから。
そこだけが照らされているように
はっきりと鮮明に浮かんでくるから。

わたしが感じた長い孤独は、
実はわたしだけのものではなかった。
傷ついて戦ってきた者同士、
あなたの瞳の奥に
自分と同じ怒りを感じたのだ。

わたしたちの透明な共闘は
揺るぎない、その傷の深さゆえに。

わたしたちは　人生のかたちも
生きてきた時代も違うのに、
「傷つきかた」だけがこんなにも似ている。
実はずっと　見えない場所で
「傷つけられていた」のだと気づく。

わたしたちから変えていく。
透明な共闘の記憶は消えない。
互いの存在を確かめ合うように
ただ　その手を握りつづけた。

休戦の夜に

グラスを合わせた瞬間、
自然と近づく　きみの横顔。
会えなかったとき、
それぞれの場所で耐え忍んだことを
知っているから、今こうして笑い合える。
痛みを分け合うきみは、
紛れもない戦友である。

艶やかな湯気の奥に　触れたい色がある。
一皿を目で味わい、かがやきも食そう。
パンをちぎった指先から
ふわりとオリーブの香りが匂い立つ。

喉が天国を欲する。
グラスの透き通った液体を傾ければ、
胃を熱く流れ落ちていった。

きちんと貪欲でいたい。
己を満たすことを忘れない。
この瞬間に集中して、
自分が求めるものに素直に
よろこびを持って迎えよう。

日常を生き延びるために、
この一杯をわたしは迎え撃つ。
己の血となり肉となる。
グラスを手放したら、
わたしたちは再び
戦いに出るのだから。

選択すること

選んでも

わたしもこっちにすればよかったな。
友人の頼んだフレンチトーストに目をやる。
わたしはいつも自分の選択を信じきれない。
運ばれてきたサンドイッチには手をつけずに、
小さな喫茶店の中を見渡す。
近くのテーブルには
互いの写真を撮り合う若い二人の姿も。
いつかの自分を見ているような気がして、
記憶の中にある、
この喫茶店で会った人たちの顔を思い浮かべた。
喫茶店の古いメニューには、不思議な力がある。

手の中で広げると、日に焼けたページの端から
じわりと誰かの思いが滲んでくるのだ。
メニューをめくった人々の手つきが重なって。

学生時代に恋人と別れ話をしたのも、
子どもができたと友人から報告を受けたのも、
確かこの喫茶店だった。

どんなときも変わらずに迎えてくれた。
人生に光を与えてくれるのは、劇的な出来事ではなく、
記憶からこぼれ落ちている何気ない一日。
そうか、わたしも「選んできた」んだな。
白いパンで包まれた、
サンドイッチはやさしすぎて
忘れてしまいそうなおいしさだった。

末長くふたりは

研ぎ澄まされた冬の夜空に
白い吐息が高くのぼった。
「いまの気持ちをおしえて」
あなたは遠く呼びかける。
わたしは小さく首を振る。
わからない、あなたの描く未来に
自分が応えられるかどうか。

「末長くお幸せにね」

その言葉を、幼い頃から疑ってきた。

いつまで続くの？　しあわせって何？

わたしは誰も傷つけたくない——。

あなたに向けた意固地な背中は、
きっと雪だるまみたいに頑なだ。
決められない、でも未来を知りたい。
ならば、迎えにゆこうか。

こぼした吐息の分だけ少しずつ、
凍てついた心はとけてゆく。
たとえ互いを不幸にしても
かならず手をとり、立ち上がれる。
そう信じたふたりだけが、
見つけられる光がある。
雪降りしきる夜明け前、
あなたとわたしは旅に出る。
ふたりの新たなはじまりを目指して。

待ち合わせ

わたしはいつから歩き出したのだろう。
とうに大人になったはずなのに
どうしても思い出せない記憶があって
そこから、ずっと誰かを待っている。
まだ見ぬその人のことを考える。
この瞬間も、いつか出会う誰かとの
約束のない「待ち合わせ」のさなか。

夜になれば、当たり前に闇が街をおおうけれど、
わたしたちは灯りをともして闇にあらがう。
飲んで　食べて　笑い飛ばして
見えない未来への不安を遠ざけてきた。

わたしたちのたどる道は、
なぜこんなにも未整理で
つまずきやすく、脈絡もないのだろう。
朝日が射してくると、つい逃げたくなる。
光は、わたしたちの無防備な横顔を
ありのままに照らす。

いつしか気づいていた。
わたしが待ち望んでいた相手は、
未来の自分自身なのだと。
顔を上げて、したたかに歩め。
これからは　よく見える
光に向かって歩くのだ。

この風だけが知っている

秋風に染み込んでいるのは、
制服のころの心細い気持ち。
校庭のそばの並木道で
落ち葉をみっしりと踏みしめて、
放課後に影を落とした。
ローファーのつま先がかすかに痛んだ。

ここにいてよいのだろうか。
新宿駅のホームに立ちながら、
わたしは自分の手と手を握り合わせる。
「変わらないね」と言われるもどかしさと
「変わっちゃったね」と言われる寂しさに

左右から腕を引かれ、手はちぎれそうに冷たい。
(学んできたことはちっぽけで
失ったものはどこまでも大きく見える。
自分の思い描く「わたし」に
わたしはいつも足りていない。
それでも　欠けた自分を埋めようと、
たくさんの「あなた」を渡り歩いて
ひとりの「わたし」を見つけ出してきた)

ワンルームの扉に鍵をかけて、
わたしたちは繭をかたちづくった。
「ここにいてよい」
すべてはこの身が包んでいる、と
両の腕に触れて、己を抱きかかえる。
白い壁で仕切られた一室の繭によって

もろく、やわらかな存在を守る。

凍っていた胸に、
あたたかな息を吹き込んでもらおう。
秋はつめたい季節じゃない。
過去と今を結ぶように、
風は繭のなかをめぐり続けた。
「ここ」を発つための羽根をひそやかに織る。
いつか自ら旅立つことを
わたしと、この風だけが知っている。

春、白く射す

冬がはじまった日を覚えている。

人のまばらな駅のホームは、剝き出しの鉄骨が目立ち、さびれた小劇場のようだった。総武線の黄色いテーマカラーが唯一の色として、駅に温かみを加えていた。

それぞれの世界に帰るだけのわたしたちは、言葉少なに電車を待った。彼女はちょうどわたしの逆方向だ。

「さむう」

しきりにスヌードに首を縮める彼女の顔を見上げたとき、彼女の口元から白い尾のようなものが一筋舞い上がった。

「もう息が白いね」

「……え?」

彼女は自分の吐く息に、そのとき初めて気づいたようだった。

「ほんとうだ」

目の前にそれが現れては消える驚き。お互い確かめるように、無言で何度も小さく息を吐いた。短い呼気の音が、駅のアナウンスに混じって、夜を撫でるみたいに響き合った。

少し背の高い彼女の息の方がひと際白く、見上げている高さの分、美しかった。それは無限に生まれ続ける高潔さだった。

見つめていることができずに、わたしは目をこすった。白い靄越しに、この目の赤さは際立つだろう。

わたしたちが息の白さに気づいた日、冬がはじまった。そう言葉で名づけてみたい。言葉は記憶に手触りを与え、引き寄せる。


じゃあ……と別れかけたとき、彼女は振り向き、やや意外そうに「また」と言った。その返答に、自分が「じゃあまた」と無意識に告げてしまったことに気づく。

「ま」「た」と白く声がこぼれて消えた。

電車のドアが閉まる。車窓越しに遠くなる後ろ姿は、見知らぬ人の列に混じり、瞬く間に馴染んでしまった。

街にはこんなに人が溢れていて、電車がひっきりなしにやってきて、果たして神様はわたしを見つけられるだろうか。

東京に出てきた日、大学の分厚いシラバスよりも、狭いワンルームよりも、そんなことが漠然と心配だった。誰にも見られていない安心感は、誰にも見つけてもらえない寂しさでもあるようだ。

「ここにいてよいのだろうか」という不安と、「ゆるされるまでここにいよう」という思いの間を揺れ動く。駅のホームにたむろする人々を眺めれば、誰もがそうした迷いと無縁でないように思えて、ひそかに胸を撫で下ろす。

きっと大丈夫。ここは四月にちゃんと桜が咲く街なのだ。

わたしが奏でる透明な足あとは、
今この瞬間も誰かが照らしてくれている。
今日会うのが最後だとしても、
わたしは彼女を見失わない。
あの気高い白を運んでいる、
長身でまつげの長い横顔が彼女だ。
春がきて、息が透明になっても
その姿は眼裏に白く射し続けている。

別れを選ぶこと

きみを見るように

きみを見るように窓を見る。
古いかさぶたが風にめくれてる。
ふしぎだ、わたしは何も失っていない。
きみを思う気持ちは
変わらずにまだここにある。

身勝手で幼いわたしたちの恋は、
苦しい時間の方がずっと長かった。
それでも、
きみの記憶の中でわたしが
ちゃんと笑っているといい。

初めて肩が触れたとき。
初めて手を握ったとき。
わたしが覚えている景色のすべてを
きみが見せてくれた。
言ったよね。
きみを思うと、心があたたかくて
わたしは何度も救われたこと。

きみはわたしの窓だった。
そこに立つ度、思い出す。
ひなたも　すきま風も覚えてる。
きみという窓に別れを告げて
わたしはカーテンを引いた。
背を向けたはずなのに
冷たい壁にはなりきれなくて
今も　風に空々しく舞っている。

風と球体

割れない泡のようなこころ　たずさえて
ふくらむのにまかせていたら
いつしか重くなっていた。
まるで、おおきなシャボン玉。
ふるえる輪郭は、鼓動のあかし。
潰さないで　潰れないで、と
願いつづけて今を見る。
行き先はまだわからない。
それでも恐れず　青い風にのりたい。

つめたい鏡の記憶を持てあます。
痛みを捨てられなくて抱えこむ。

きみとひとつになれなかった、
わたしを壊されそうで。
「さよなら」を口にする勇気もない。
だから、ひとりでに吹く
風のなかへ　ぬくもりを求めにゆく。

転げ落ちたときの痛みは忘れない。
痛みを愛しい杖にかえて生きてゆく。
互いの傷あとを包み合って
そとへ　手放せたなら
砕けてもいい。
わたしは軽くなる。
それでも消えることのない、
己のかたちを守るから。
いつか　巡りあうとき
わたしと気づいてもらえるように。

フィルム

記憶とは、わたしがわたしへ手渡す贈りもの。
自分は何も持っていないと思うとき、
知らずに握りしめている一枚の切符。
フィルムの表と裏では景色が違って
あなたの目に　わたしの存在は
こんな風に冷たく見えていたのかと気づく。

春は、忘れかけた記憶を喚起する。
閉ざされた窓が　風にそっと起こされて。
語りかければ、よみがえるあなたの横顔。
わたしは恐れず、記憶の窓から身をのり出して
昔は見られなかった　あなたの目を覗き見た。

あなたの向けた、思わぬ温かさ。
驚いて目を見開いた瞬間、
光がわたしを過去から、したたかに押しかえす。

あなたのいない今は痛みもなくて
ただ、失われた優しさを
記憶のフィルムが映し出す。
怖いのは、あなたと別れることではない。
あなたを忘れていくことが怖いのだ。
あなたの優しいまなざしを忘れて
忘れたことさえ、いつしか思い出さなくなる。
そんな終わりを予感しているから
わたしたち、フィルムを手放せない。
まだ思い出せる距離に互いがいることを
春の光のなかに透かし見る。

冷めない夜

あの人は今元気だろうか。
大事な人と笑ったりできているのか。
どこからも答えは返ってこない。
わたしはまだ道の途上にいて
背伸びをしたり　ひとりごとを言ったり
忙しい心を月明かりに転がしている。

ひとりの夜に思い出す。
もう交わることのない関係を、
会わなくなった人たちのことを。
雲間から、月と目を合わせるみたいに
ぽっと記憶が灯る。

そんな過去からの小さな受け取りが
わたしの心を、思わぬ角度で照らしてくれる。
夏が冷めない夜に、
踊るような夢を見ている。

日々の堆積物につまずいて
二度と心が軽くなることはないのだと
嘆きたくなっても、
あの日の若く強靭な心を忘れない。
やわらかな地を跳ね返す足裏と
そこに根づいた、わたしの意識。
月はこんなにも明るい。
夜を越えて　夏の終わりまで
一切を振り返ることなく
歩いていけそうなくらいに。

口ずさめる歌の一つでもあれば

雲の切れ間をすり抜けて
ようやく　ここへ届いた陽射し。
受けとめきれずに、光こぼれてしまうなら
ふたり手を結び　やわらかく受けとればいい。
枝とともに　しなやかに揺れればいい。
そう教えてくれたあなたは、
記憶から泡のように透けていった。
帰ろう。
残されて今、その一歩を探しあぐねている。
ふたりの横顔が並んで揺れていた午後。
あの日の雲のかたちを知っておきたい。

ひとりの帰路に口ずさめる歌の一つでもあれば
さよならのあとも生きていけるのでしょう。
枝先の風にのり、さすらう雲となって
あなたの頭上を駆けていきます。

秋の訪れと同じ　ごく自然の現象でした。
呼吸にみちびかれて　樹の下に立てば、
舞い落ちる葉と　背中に熱い彼の手の記憶。
あの日、雲のかたちは　きっと
重なりあう横顔そのものだった。
さようなら。
去り際に振りかえり、気づくのです。
樹はどこにも帰れない。
だから、打ち立てる「しるし」となる。

紡いだ日

バスの車窓から
うっそうとした木々の樹幹を眺めている。
そのどれかが
わたしの寂しさであるような気がして
はらはらと散る葉にまで目が留まる。
吹きつける風に、秋を探して歩いてみたい。
赤く染まるほどに、空は面影に応えて
かかとの引く影は重くなっていく。

ゆうがたに帰ってくると、
ポストの底に舞い降りていた
ひとひらの絵葉書。

よそゆきの丁寧な字で
旅の出来事が綴られている。
触れると温かいのは、
異国の景色に浮き立った
あなたの声が響いてくるから。
わたしの耳にいつからか馴染んでいた
あなたの弾む声をもう一度。

筆先を紙に近づけるときの高鳴り。
それは、あなたの目を見るときの
静けさに似ている。
見守るように　夢見るように
やわらかに返信の文字を紡ぐ。

あなたと別れて
それでも最後に残るもの。

やっと終わりを
ゆるせるような予感がした。
わたしの生がやがて意味を失ったとしても……。
ひとすじだった川が
ふたすじに分かれて
双子のような別々の国を潤していく。

心を生かすために

夏の血潮

七月の夕暮れは永遠みたい。
汗ばんだ膝を抱えて、
洗うような血の流れに身をゆだねる。
箱舟となって、溶けていこうか。
身体はまだ覚えている、
制服の袖口が風でふくらんで
呼吸しはじめる　その瞬間を。

握った花火の先で触れ合えば、
わたしたち　はげしく光を放った。
この手に火を躍らせ、
互いの横顔に

消えない命の曲線を描いた。
いつか　ばらばらに
息絶えていくと知っていても
残像の先へ　生き延びていきたい。

濁った水をバケツごと傾ければ、
かがやく草の根に吸われていく。
この身ひとつ取り残されて、
あとは、燃え尽きた夏の亡骸。
(とおい星にくちづけしたところで
　どこにもいけない。
　ただ心が迷い込むばかりなので)
まるい果実を腹に抱き、
夕日に染まる種をもとめた。
この心臓は、高鳴る箱舟。

わたしを鼓動で弾ませながら
ここへ熱く運んでくれた。
わたしだけの赤い海です。

思い出の内側

あの日の写真を見返してみると、
写真の中のわたしは
記憶よりもずっと楽しそうで
ちゃんと笑っているから不思議。
山でキャンプとか似合わないはずなのにな。
季節のフィルターによって
思い出が書き換えられたのだと思う。

撮ることに夢中になるよりも
目の前の体験を味わう方が大事。
そうかもしれないけれど
内側で感じられることと、

外側で感じられることは
こんなにも違う。
わたしは両方を味わいたくて
人生に「二度目」が無いことが悔しくなる。

頬に触れる夜風が
冷めない熱を知らせた。
この夏最後の夜だから、
無性にどこかへ帰りたくなる。
火を囲んでいる輪から
ひとり離れてつぶやいた。
「来てよかった……」
あの日、わたしは胸の底に
無数の星々を集めたくて
澄んだ空を見つめていた。

リズム

夜八時過ぎ、駅前の花壇に
ぼんやり腰かけていると、
断続的に押しよせる人の波。
中でも目を引いたのは
ある二人が互いを見つけた瞬間。
あくまで親しげに、
けれど周りの目を少し気にしながら。
彼らは同じ方へと足を向ける。
大きな肩についていき、
その頬に触れながら、
とん、と横に並ぶ。
そうか、このリズムだ、と

わたしのつま先が思いだす。
誰かと待ち合わせたくて
うずうずと心だけが跳ね起きて
わたしを月夜に引き回す。

あたらしい火

夏の残り火が燃えている。
わたしの身体の中で
チロチロと赤く光りながら、
手足をたどり、喉奥へ迫り
口火を切ろうとする。
わたしは黙ってくびすじに
熱いシャワーを当てる。
夜を自由に泳ぎ切る魚となろう。

季節が変わっても生き続けるわたしと
季節が変われば枯れていく花と
どちらが熱情に忠実なのだろう。

白い石鹸で洗い落とせば、
何度でも剝き出しになれる
この身体が好きだ。

朝がくるたびに、
何かが足りないと気づいてしまう。
秋の燃え方を身につけようとしている。
まだ濡れたつま先を
赤いヒールに詰めこんで
地を愛するように、かかとを鳴らした。
わたしは、枯れないわたしを誇る。
あたらしい火を放て。

心は閉じ込めておくことができない

薄闇の中、微かな雨音が
わたしの耳をそっと塞いだ。
曇りがちな空へ傘をひらく。
わたしが夜をおそれるのは、
闇を描き出す筆先が見えないから。
夜は決して姿を見せない。
そのくせ確かにそこにいる。
暗闇にこっそりと手を結んだり、
お別れしたりする人たちを
夜は微笑みながら見送っている。

目を閉じれば眼裏に集う、

たくさんの温かな記憶たち。
光と影が揺れ動くその海で
わたしは踊り、波に揉まれ、
やがてあたらしい朝に目覚めた。
途切れることなく、
雨垂れのように生まれつづけた。

もうあの頃には戻れない――。
そう思うたび胸が痛むのに、
過去に戻れないことが逆に
他ならぬ「今」をかたちづくる。
わたしは不思議でならない。
未来はどこで決まるのだろう？

いつしか雨は上がり、潤った地面から
ちいさな命が青く芽吹きはじめている。

そんな風に　わたしも
泣いたり笑ったりしてきたんだと思う。
駆け出そう、光も闇も引き連れて。
心は閉じ込めておくことができない。

初出一覧

発話　Web「マイナビブックス　ことばのかたち」二〇一四年九月一五日

孤独のかたち　「mina」二〇二三年四月号
ふたつの舟　「婦人之友」二〇一九年八月号
星の採取　「婦人之友」二〇一九年一二月号
夜の海へ　「anan」No. 2114 2018.8.15-22合併号
ティンカーベル　「婦人之友」二〇二一年二月号
抱擁が知っていること　「婦人之友」二〇二二年二月号
花とみずうみ　読売新聞　二〇一九年四月二六日夕刊（「抱擁散花」より改題）

大きくなるために必要なこと　「mina」二〇二一年一二月号
その色の名前　「mina」二〇二三年二月号
わたしを潤す　「婦人之友」二〇二四年一月号
月の意志　「婦人之友」二〇二二年九月号
冬耳　「婦人之友」二〇二〇年一二月号
春の膝　「mina」二〇二二年三月号（「光の目覚め」より改題）

部屋は聞いている　「mina」二〇二三年一月号
密やかな儀式　「mina」二〇二二年四月号

水平線　「mina」二〇二四年六月号
朝の名前　「婦人之友」二〇二一年五月号
光の巣　「星座」二〇一七年春虹号 No.81

さよならの順番　「婦人之友」二〇二三年一月号（「見えるよ」より改題）
空をまとう　「婦人之友」二〇一九年九月号
silent　「婦人之友」二〇二三年一二月号
彼女の手仕事　「mina」二〇二四年一一月号

あなた　「婦人之友」二〇二四年六月号
解き放つために　Web「OPERA Lip Story」二〇一九年八月
わかるよ　「婦人之友」二〇二三年三月号
透明な共闘　「mina」二〇二三年六月号
休戦の夜に　「mina」二〇二二年一一月号

選んでも　「mina」二〇二三年三月号
末長くふたりは　「婦人之友」二〇二一年一二月号
待ち合わせ　「mina」二〇二二年九月号
この風だけが知っている　「望星」二〇二一年一一月号
春、白く射す　『She is POCKET LIBRARY』（CINRA, Inc.「She is のギフト・フォー・ユー展」にて展示販売）二〇一九年二月

きみを見るように　「mina」二〇二二年一二月号
風と球体　「婦人之友」二〇二一年三月号
フィルム　「婦人之友」二〇二二年三月号
冷めない夜　「婦人之友」二〇二三年九月号
口ずさめる歌の一つでもあれば　「婦人之友」二〇一九年一〇月号（「しるし」より改題）
紡いだ日　「婦人之友」二〇二三年一〇月号

夏の血潮　読売新聞　二〇一八年七月二七日夕刊
思い出の内側　「mina」二〇二四年一〇月号
あたらしい火　「婦人之友」二〇一八年九月号
心は閉じ込めておくことができない　「婦人之友」二〇二四年七月号

＊「メダル」「リズム」は書き下ろし。
初出時から一部作品を加筆修正、また改題しました。

Special thanks
ミヨシ石鹼株式会社の皆さま
平井佐和　石沢葵　吉澤嘉代子　江原優美香　坂東祐大
作品にかかわってくださった全ての皆さま

装丁　名久井直子

装画　beco+81

文月悠光（ふづき・ゆみ）

詩人。１９９１年北海道生まれ、首都圏在住。２００８年、16歳で現代詩手帖賞を受賞。第1詩集『適切な世界の適切ならざる私』（思潮社／ちくま文庫）で、中原中也賞、丸山豊記念現代詩賞を最年少18歳で受賞。２０２３年、第4詩集『パラレルワールドのようなもの』（思潮社）で富田砕花賞を受賞。その他の詩集に『屋根よりも深々と』（思潮社）、恋愛をテーマにした詩集『わたしたちの猫』（ナナロク社）がある。エッセイ集『臆病な詩人、街へ出る。』（立東舎／新潮文庫）、『洗礼ダイアリー』（ポプラ社）が若い世代を中心に話題に。高校の国語教科書『高等学校 新編現代の国語』（第一学習社）に『臆病な詩人、街へ出る。』の一部が教材として掲載。２０２３年には、香港発のウェブメディア「Hive Life」誌が選ぶ「アジア太平洋地域の注目すべき7人の詩人（7 Purposeful Poets from APAC to Watch）」に選出・作品が紹介された。２０２３年度より武蔵野大学客員准教授。本作は第5詩集にあたる。

http://fuzukiyumi.com/

Kadokawa Haruki Corporation

文月悠光

大人《おとな》をお休《やす》みする日《ひ》

＊

2025年2月18日第一刷発行

発行者　角川春樹
発行所　株式会社　角川春樹事務所
〒102-0074　東京都千代田区九段南2-1-30　イタリア文化会館ビル
電話03-3263-5881（営業）　03-3263-5247（編集）
印刷・製本　中央精版印刷株式会社

ISBN978-4-7584-1475-3 C0092
http://www.kadokawaharuki.co.jp/